사 막 의
우 리 집

미 나 코 알 케 트 비

전화윤 옮김

아랍의 사막에서,
가젤, 낙타, 개, 비둘기, 말,
고양이, 토끼, 소, 염소, 양, 닭

그리고 남편과 함께 살고 있습니다.

모두들
저마다의 인연으로
우리집 식구가 되었어요.

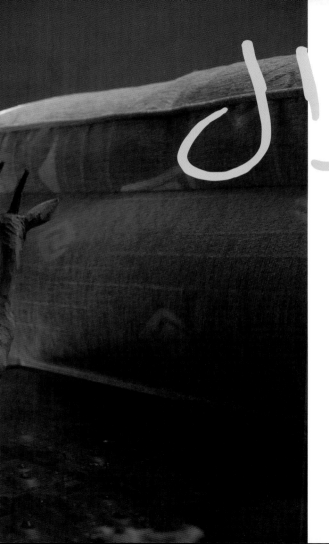

غزال

[가젤]

사메르

سامر

다마니

دماني

다른 친구들도 많아요

우리가 사는 사막에는 야생 가젤이
서식하고 있습니다. 잘 듣는 귀와 멀
리 보는 눈으로 인간의 기척을 조금
이라도 느끼면 무려 시속 80km로 사
라져버리는 가젤. 그런 가젤과 함께
살고 있어요.

사막을 함께 산책합니다.

아기 가젤 사메르는
어디에 가든 따라옵니다.

안심하고 곤히 잠들어 있네요.

무슨 꿈을 꾸는지
때때로 눈을 끔뻑끔뻑, 입은 움찔움찔.

아기 참새와의 첫인사.
같은 말을 쓰지 않아도
소중한 건
서로 느낄 수 있어요.

갓 태어나 보송보송한 아기 가젤에게는
티아라 대신 반지를 올려
탄생을 축하합니다.

의젓한 얼굴을 보여주는,
아빠가 된 사메르.

어리광 부리는 동생과
동생에게는 단호한 언니.
얼굴도 성격도
모두 제각각입니다.

19

지금 함께 지내고 있는 가젤은 6마리.

이따금
모두 함께 사막을 산책합니다.

다부지게 서 있는 모습이
빛나는 건
다른 어떤 곳도 아닌
사막이기 때문입니다.

[낙타]

다른 낙타 친구들도 많아요

몸집은 커도 겁이 많은 낙타. 그래도
호기심은 왕성해요. 다들 똑같이 생
긴 것 같지만 자세히 보면 각자 개성
이 뚜렷합니다. 개중에는 한눈에 식
구라는 걸 알아볼 만큼 엄마를 쏙 빼
닮은 아기 낙타도 있답니다.

23

언제 어디서나
느긋한 미소.

커다란 엄마에게
찰싹 달라붙어,
꾸벅꾸벅.

세상에서 가장
안심할 수 있는 곳이죠.

아기 낙타 시절을 지나면
가끔씩 친구들끼리 모여
놀기도 하고 싸우기도 하고
작은 모험을 떠나기도 하고.

이런저런 일들을 경험하면서
어른이 되어갑니다.

كَلْب

[개]

티니   타이니

تيني   تايني

보기엔 완전히 다르지만 사실은 자매
랍니다. 이름은 둘 다 영어로 '아주 작
다'라는 뜻이에요. 그런데 제법 크게
자랐지요?

산책을 하다보면
저편에서도 산책중인 낙타 일행을 자주 만나요.

계절이 바뀌는 시기,
동트기 전에 나타나는 짙은 안개는
해가 떠오르면 단번에 사막을 가로질러
사라져버립니다.

아무것도 없는 듯 보이는 사막에서도
많은 생명이,
씩씩하고 분주하게,
살아가고 있습니다.

티니와 타이니의
시선 끝에서
그런 수많은 생명을 발견합니다.

매일 아침 남긴
수없이 많은 발자국.
모래 위 발자국은
저녁 바람결을 따라
모습을 바꿉니다.

[비둘기]

쿠브즈

خبز

처음 만났을 때 온몸이 상처투성이였던 탓인
지 어딘가 모르게 기운 없고 허약해 보였던 쿠
브즈. 그런데 다 큰 지금 보니 성격이 얼마나
드센지, 우리집에서 아무도 쿠브즈를 이길 수
가 없어요.

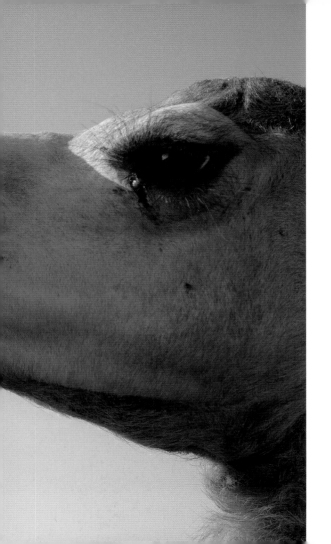

낙타가 자기를
등에 태워준 건
새까맣게 잊어버리고,
의기양양하게 불만을
토로하십니다.

고양이에게도
저줄 생각이

전혀 없습니다.

부러진 날개가 낫고 나서
하늘을 자유로이 날 수 있게 되었어요.

하지만 걸어서 산책하는 것도 좋아요.

사납고 싸움 붙이기를 좋아하는
아주 까다로운 성격이지만
이렇게 미워할 수 없는 구석도 있답니다.

فَرَس

[말]

살라미

살라미는 아랍 말이에요. 어떤 동물과
도 허물없이 금세 친해지는 살라미는
사막을 달리는 것도 좋아하지만 친구
들과 보내는 시간을 더 좋아해요.

티니도 살라미가 정말 좋은가봅니다.

아기 낙타에게 괜히 장난을 걸다가 가끔 엄마 낙타의 화를 돋울 때도 있죠.

제일 몸집이 작고 드센 식구와도

처음 만난 순간부터

살라미는 친구가 되었습니다.

[고양이]

초비초비

شبي شبي

아비아비

أبي أبي

다른 고양이 식구들도 많답니다

길을 잃고 헤매다 집으로 들어오기도 하고 우
리집에서 태어나기도 하고. 어떻게 해야 하나
고민하는 사이에 식구가 계속 늘어 지금 함께
살고 있는 고양이는 23마리.

살짝 숨어서 아기 가젤에게
놀아달라고 말을 걸어볼까.

가젤과 산책을 나선 저를 고양이가 따라옵니다.
모두 다 함께 사막을 산책해요.

모래 폭풍이 불어와 나무에서
떨어진 아기 새와
잠시 함께 살게 되었어요.

가만히 있으면 좀이 쑤시는
고양이의 본능과 싸우면서도
슬며시 다정하게 다가가
인사를 나눕니다.

아기 가젤이 신기해서
어쩔 줄을 모르겠어요.
엄마 가젤의 눈을 피해
몰래 한번 훔쳐보기.

원하는 시간에
원하는 곳에서 자고,
원하는 시간에
원하는 곳에 갑니다.
23마리 고양이들,
저마다의 하루하루.

방금 전까지
크게 다투는 것 같더니
어느새
둘이 딱 달라붙어서
자기도 하고요.

무엇이든지
자유롭게 하고 싶은 대로.

أرنب

[토끼]

페티페티

بيتي بيتي

제일 최근 들어온 새 식구. 하지만 우리
집에 온 지 얼마 되지 않은 자그마했던
시절부터 원년 멤버인 고양이들이 모
두 쩔쩔매는 존재감을 자랑합니다.

어째서인지,
고양이 아비아비를
좋아하게 되어버린
페티페티.

계속 따라오는 토끼 때문에
당황하는 고양이와
좋다고 쫓아가는 토끼.
우리집의
조금 이상한
콤비예요.

사막에서 남편과 둘만 살던 생활이
지난 10년 동안
제법 북적북적하게 변했습니다.

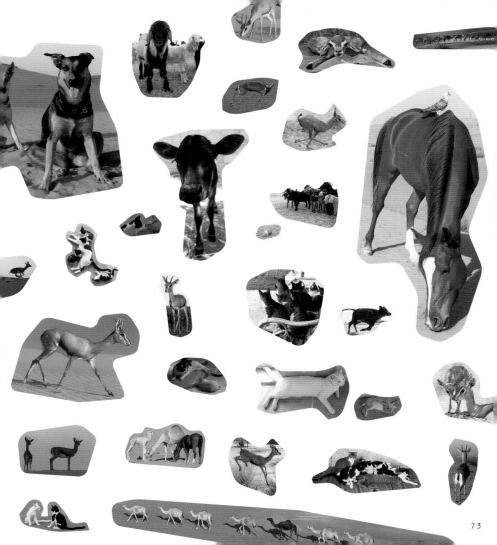

사막의 우리집에서 함께 사는
생명은 대략 200마리.

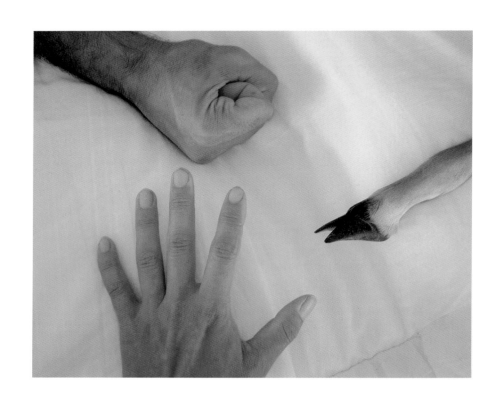

모두 우리 식구입니다.

우리 식구들을 소개합니다

우리 가족은 아랍에미리트의 내륙에 펼쳐진 사막에 살고 있습니다. 일본에서는 비행기로 약 11시간. 잘 알려진 도시 두바이에서는 남쪽으로 120km 정도 떨어져 있고, 여름에는 기온이 50도를 넘을 때도 있습니다.

이곳 사람인 남편을 만나 여기서 생활하기 시작한 10년 전, 한 가지 약속한 게 있습니다. 절대로 동물을 키우지 않겠다는 거였죠. 가능하면 걱정거리 없이 자유로운 생활을 하고 싶었거든요. 200마리가 넘는 동물들과 살고 있는 지금 생각하면 우스운 이야기지만 그때는 제법 굳은 결심이었어요.

이제는 사람보다 동물과 대화하는 일이 훨씬 많은 나날이네요. 종도 다양하고 수도 많은 이 동물들이 어떻게 우리 식구가 되었는지 알려드릴게요.

처음 찾아온 가젤

9년 전 어느 날, 남편 남동생의 친구가 태어난 지 하루밖에 안 된 듯 보이는 어린 수컷 가젤을 데려왔습니다. 사막에서 사냥한 가젤이 어미였던 모양인지(지금은 불법이에요) 갓 태어난 새끼 가젤을 발견했는데 어떻게 해야 할지 모르겠다며 남편에게 부탁을 한 거예요.

어릴 적 사메르

야생동물인 가젤을 키우는 건 이곳에서도 흔히 있는 일은 아니랍니다. 그때는 제가 일본에 잠시 다녀오느라 집에 없었어요. 남편은 당황해하면서도 "거절하면 새끼 가젤이 어디로 가겠느냐"며 가젤을 맡기로 결심했고, 그렇게 저희는 가젤을 키우게 되었습니다.

염소와 양을 키워본 적이 있는 남편에게도 모든 게 낯선 날들이 시작됐습니다. 다행히 새끼 가젤은 젖병으로 자신을 키워준 남편을 아무 의심 없이 엄마라고 생각하며 자랐고, 사막에 산책을 나갈 때도 집안에서 시간을 보낼 때도 엄마 대신인 남편에게 늘 찰싹 달라붙어 있었죠. 밤에는 집안에서 우리와 함께 지내지만 밤새 깨어 노는 녀석에게 우리는 아랍어로 '밤새도록 수다를 떨다'라는 뜻의 '사메르'라는 이름을 붙여주었답니다. 그리 긴 시간이 지나지도 않았는데 녀석은 자기 이름을 외웠고, 사막에서 자유롭게 놀다가도 이름을 부르면 달려오게 되었어요.

사메르가 생후 9개월쯤 됐을 무렵, 지인의 소개로 암컷 가젤이 우리집에 왔습니다. 야생 가젤은 원래 무리를 지어 생활하거든요. 언젠가는 사메르에게도 짝이 필요하지 않을까 생각했는데 마침 좋은 인연이 있어 아내를 맞이하게 되었어요. 이름은 '다마니'라고 지었습니다. 아랍어로 '아름다움'보다 더 아름다운, '말할 수 없는 아름다움'이라는 뜻이에요.

사메르(왼쪽)와 다마니(오른쪽)

우리집에 처음 왔을 때 다마니는 겁을 먹어 패닉 상태였어요. 어떨 때는 3m나 되는 책장을 뛰어넘으려고 온몸으로 부딪치기도 했죠. 인간의 보살핌을 받으며 온실 속의 화초처럼 자란 사메르는 그런 다마니를 보면 벌벌 떨기만 했어요. 하지만 다마니는 겁먹은 채 있지만은 않았어요. 처한 환경과 상황을 파악하고, 믿을 수 있는 사람과 그렇지 않은 사람을 바로바로 구분해내며 점점 우리집에 적응해갔습니다.

다마니는 똑똑하고 유연하면서도 강한 아름다움이 흘러넘쳤어요. 털에 흐르는 윤기는 물론이고, 때때로 보여주는 빈틈마저 귀여워서 같은 여자가 봐도 눈부실 정도로 완벽했죠. 그때까지 집안에서 우리와 함께 자던 사메르도 그런 아내에게 완전히 빠져서 맥을 못 추더군요. 얼마 지나지 않아 사메르가 우리와 함께 자는 일은 없어졌어요. 그후로 사메르와 다마니 사이에서 연달아 새끼들이 태어나 우리는 가젤들에 둘러싸여 지내게 되었습니다.

원래 가젤은 경계심이 강해서 인간과 관계를 맺지 않는 세계에 사는 야생동물이에요. 그래서 인간과 가까이 자라지 않은 다마니와, 그런 다마니가 기른 새끼들은 아무리 오랜 시간 동안 함께 생활했어도 우리에게는 일정한 거리를 두고 더 가까이는 다가오지 않았어요.

티니, 타이니와 사막 산책

하지만 근처에 있어도 만지거나 잡지 않는다는 걸 알게 되자 점점 경계를 누그러뜨리더니 도망가지 않고 옆에 있어주기도 하더군요. 이건 그러니까 약속 같은 거예요. 똑똑하기가 둘째가라면 서러운 다마니는 그 약속을 충실하게 지켜줬어요(남편은 약속을 조금씩 어겨서 가젤들이 자주 경계했지만요).

한순간 한순간, 이 약속을 지키면서 쌓아온 신뢰. 함께 산책을 하고, 태어난 새끼를 안아볼 수 있게 해줬을 때 느꼈던 기쁨은 정말 각별했어요. 멀리 보이는 인간의 그림자에 일순간 경계하다가도 그게 우리라는 걸 알면 마치 '난 또 누구라고' 하는 듯 긴장을 푸는 가젤들을 보면 얼굴에 미소가 절로 흐릅니다.

키우는 사람이 별로 없는지라, 가젤과 함께하는 일상은 하루가 멀다 하고 갈등하고 고민하는 일의 반복이에요. 힘든 일도 있었지만, 이곳 생활 대부분을 가젤과 함께해온 우리. 마당을 걷는 가젤 가족을 볼 수 없는 날들은 이제 상상하기 어렵네요.

사막의 매력을 가르쳐준 개들

티니와 타이니(둘 다 암컷이에요)를 처음 만난 건 아직 둘 다 강아지였을 때였죠. 사막에 누군가가 두고 간 강아지들과 우연히 마주쳤어요. 우리집에 사메르

아침 이슬

쇠똥구리

와 다마니가 온 이후로 '동물은 키우지 않겠다'던 약속은 '동물은 어지간해서는 키우지 않겠다'로 바뀌긴 했지만 그렇다고 키우겠다는 결정을 쉽게 내릴 수는 없었어요. 그런데 기온이 50도에 가까운 한여름의 사막에 어린 강아지 2마리가 남겨져 있는 거예요. 이렇게 된 이상 데려가는 수밖에 없지 하며 집에 들이기로 했습니다. 그후론 새벽마다 사막으로 산책을 나가는 일이 일과가 되었고 그때마다 새로운 발견을 하게 되었어요.

계절에 따라 하늘의 색도 사막에 남는 발자국도 달라진다는 것,
아침에 보름달이 고요하게 지평선 너머로 진다는 것,
서쪽 하늘에서는 보름달, 동쪽 하늘에서는 아침해를 동시에 볼 수 있다는 것,
사구에서 보는, 계절이 바뀌는 시기 특유의 짙은 안개가 너무도 아름답다는 것,
사막에도 작지만 색색깔의 꽃이 핀다는 것,
식물에 남아 있는 작은 아침 이슬이 사막의 생명을 지키고 있다는 것,
나가는 길에 두 녀석이 흘리고 간 분실물(응가)을 돌아오는 길에는 이미 쇠똥구리가 깨끗하게 청소를 해둔다는 것,
아무것도 없는 듯 보여도 이 사막에는 많은 생명이 숨쉬고 있다는 것.

만약 이 두 아이들이 없었다면 알지 못했을 일도 있을 겁니다. 티니와 타이니 덕분에 사막이 재미있는 일들로 가득차 있는 곳이라는 사실을 알게 되었으니까요.

하늘을 나는 쿠브즈

우리집에서 가장 드센 비둘기 쿠브즈

어느 날 미국에서 온 손님에게 거리를 안내하고 있는데, 사람들로 붐비는 상점가에서 분뇨로 범벅이 된 상태로 날개가 부러진 아기 새를 만나게 되었어요. 티니와 타이니가 가족이 되고서 우리의 원칙이 '동물은 어지간해서는 키우지 않겠다'에서 '동물은 가능하면 키우지 않겠다'로 바뀌긴 했지만, 새에 대해 아무것도 모르면서 무책임하게 데려올 수는 없다고 생각해 그냥 스쳐지나가려고 했죠.

하지만 그런 저의 갈등이 무색하게 "안됐으니 데려가자"는 손님의 한마디에 아기 새는 우리집에 들어오게 됩니다. 집으로 오는 길에 빵을 씹어서 준 것이 아기 새가 처음 먹은 것이었어요. 그래서 아랍어로 '빵'이라는 뜻의 '쿠브즈'라는 이름을 지어주었죠.

또다시 시행착오를 반복하는 육아가 시작되었습니다. 그러는 동안 부러진 날개도 나았고 무사히 자라났습니다. 편안히 날 수 있게 되었고 수컷 비둘기라는 사실도 그때 알았어요. 지금 쿠브즈는 매일 산책(비행)을 하고 있습니다. 하지만 집안을 아주 좋아하죠. 언젠가 날아가버릴 것이라고 생각했더니 뜻밖에도 그럴 기미가 전혀 보이지 않은 채 6년이라는 시간이 흘렀습니다.

나와 쿠브즈

고양이에게도 가젤에게도 낙타에게도, 어느 누구에게도 강한 쿠브즈. 비웃음을 당하거나 적당히 대우받는 걸 제일 싫어합니다. 사실은 모두가 쿠브즈에게 신경을 쓰며 요령껏 피해주는 건데, 쿠브즈는 꿈에도 그런 줄을 모르고 자신이 누구보다도 강하고 대단하다고 생각하는 듯해요.

그런 벌거숭이 임금님 쿠브즈에게 밥을 챙겨주는 저는 엄마였고, 지금은 아내가 되었죠. 애처가 쿠브즈는 제게 찰싹 달라붙어 있어요. 머리 쓰다듬어주는 걸 좋아해서 제가 앉아 있으면 옆에 가까이 다가와 사랑의 노래를 속삭이기도 하고, 때로는 어디서 물고 오는 건지 모를 작은 나뭇가지나 종잇조각으로 곁에 열심히 둥지를 만들곤 합니다.

쿠브즈에게 남편은 라이벌입니다. 남편을 집에서 너무도 쫓아내고 싶은 나머지, 저를 두고 매일같이 싸워요. 두 남편에게 사랑받는 저는 행복한 사람이네요.

꿈을 이뤄준 말 살라미

제가 남편과 만난 지 얼마 되지 않았을 무렵, 남편으로부터 들은 부러운 이야기가 있었습니다. 남편이 이집트에서 학교를 다니던 시절, 어느 날 밤에 피라미드 주변 사막을 친구와 함께 말을 타고 달렸다는 것이었어요. 그런 꿈같은 일을 해본 사람이 눈앞에 있다니! 그 순간의 설렘을 지금도 기억하고 있어요. 그후 '말

살라미를 타고 사막에 간 나

을 타고 사막을 달리기'는 저의 로망 중 하나가 되었습니다.

시간이 흘러 결혼 4년 차. 살라미가 우리집에 갑자기 찾아왔습니다. 지인으로
부터 "아랍 말이 있는데 키워볼래?"라는 말을 들은 남편이 저를 기쁘게 하려고
입양을 결정했다지요. 살라미는 아랍어로 "안부 전해줘"라는 뜻입니다. 우리집
에 왔을 당시 쓰던 이름을 그대로 부르고 있어요.

하지만 말을 타는 것을 그저 동경만 하고 있었을 뿐, 말에 대해서는 아는 것이
거의 없던 저. 갑자기 찾아온 살라미와 어떻게 하면 마음을 나눌 수 있을까 하
고, 옆에서 자보기도 하고 함께 사막을 걸어보기도 했죠. 가끔은 화를 내고 달
래고 울기도 하면서 매일 시행착오와 갈등이 이어졌어요. 그래도 승마 클래스
와 책을 통해 말에 대해서 공부하는 한편, 똑똑한 장난꾸러기인데다 웬만해서
는 동요하지 않는 심장과 유연한 적응력을 가진 살라미의 성격 덕분에 그런 시
행착오조차 즐길 수 있게 되었습니다.

또다시 1년이 지나 서서히 서로를 알아갈 무렵, 드디어 '말을 타고 거침없이 사
막을 달리고 싶다'는 12년 전의 꿈이 살라미 덕분에 이루어졌습니다. 처음으로
살라미의 등에 타고 사막으로 나가 아무도 없는 드넓고 고요한 사막을 달렸을
때는 왠지 모르게 현실이 아닌 듯 황홀한 꿈속에 있는 것 같은 기분이었어요.

어릴 적 초비초비

집안에서도 밖에서도 고양이고양이고양이

우리집이 위치한 사막에도 길고양이는 있습니다. 하지만 남편도 저도 고양이와 함께 살아본 경험이 없어서 키우는 것은 고려하지 않았어요. 그런데 어느 한여름 날 아침, 마당에 파인 커다란 구멍에 떨어져 있는 새끼 고양이 1마리와 눈이 마주쳤습니다. 영양실조에 걸렸는지 머리만 크고 팔다리가 긴 고양이였는데, 어딘가 모르게 묘한 구석이 있었어요. 구멍에서 꺼내어 대체 어떻게 된 건지 보려고 남편을 부르자 "새끼 고양이라면 방법이 없지. 몸이 건강해질 때까지 보살피는 수밖에 없지 않겠어?" 하는 답이 돌아왔습니다.

가젤, 개, 비둘기가 들어오고 나서 이 무렵 우리의 원칙은 '동물은 가능하면 키우지 않겠다'가 '동물은 방법이 없으면 들인다'로 바뀌었기 때문에, 조금 당황했지만 당분간 돌봐주기로 결정했습니다. 그리고 결국 그대로 우리집 고양이가 되어 초비초비라는 이름이 붙었죠.

그후 마당을 드나들던 2마리 고양이의 어미가 새끼를 낳았고, 여기에 비슷한 나이로 보이는 길 잃은 새끼 고양이 1마리까지 더해져 순식간에 고양이들이 13마리로 불어났습니다. 그중에 새끼 고양이가 딱 10마리였죠. 이름은 숫자 1부터 10까지, 그러니까 잇짱, 니짱, 산짱, 시짱…… 줏짱 하는 식으로 붙였어요.

사막을 질주하는 아비아비

얼마 지나지 않아 흰색 수컷 고양이 아비아비가 식구가 되었습니다. 어느 날 크게 싸우는 소리가 들리기에 가보니 새끼를 낳고 기운이 없던 우리집 고양이와, 털은 꼬질꼬질해서 어디를 다쳤는지 덜덜 떨고 있는 흰색 새끼 고양이 1마리가 있었어요. 저도 모르게 "아아아(또 보고 말았다)" 하고 소리를 냈지 뭐예요. 그 소리를 듣고 고양이가 다치기라도 했냐며 서둘러 달려온 남편이 사태를 파악하고 내뱉은 한마디. "새끼 고양이면 방법이 없네, 몸이 괜찮아질 때까지 돌봐주는 수밖에." 아니나다를까 아비아비는 그대로 우리 가족이 되었습니다. 이름은 '흰색'이라는 의미의 아랍어 '아비야드'에서 따왔어요.

그렇게 해서 고양이와 살게 되기 전까지는, 고양이가 자기 이름은 물론 다른 이들의 이름을 기억한다는 것도, 왜 혼내는지 안다는 것도, 인간에게 마음을 전할 수 있다는 것도, 함께 사막을 산책할 수 있다는 것도 알지 못했어요. 이쯤 되니 인연 있는 고양이들이 하나둘 우리집에 찾아오기 시작했고 한 달에 한 번 혹은 두 번 정도 구입하는 고양이 사료의 양도 엄청나서 엥겔 지수가 매우 높은 가정이 되었습니다. 고양이가 이렇게 많으면, 고양이를 칭찬하고 혼내고 걱정하고 고민하고 웃다가 하루가 다 가버립니다.

고양이 사료 대량 구입

고양이를 너무 좋아하는 토끼 페티페티

어느 날 손바닥 위에 올라갈 만큼 작은 토끼를 누가 우리집 주차장에 두고 간 걸 발견했습니다. 이렇게 된 이상 이제는 식구로 맞을 수밖에 없죠.

토끼라고 하니 피터 래빗이 떠오른 저. 그러자 남편은 "피터 래빗의 피터를 따서 페티 어때?"라고 하더군요. 발음이 듣기 좋아 초비초비, 아비아비에 이어 페티페티(줄여서 페티)가 되었습니다. 수의사에게 데리고 갔더니 페티는 아무래도 암컷인 것 같다고 했어요. 자기주장이 상당히 강하고 호기심도 왕성한데다 대담하기까지 했죠.

페티와 살면서 토끼가 매우 똑똑하다는 걸 알게 됐습니다. 한때 페티에게 밥을 주기 전에 호텔 프런트에서나 봤을 법한 차임벨을 울리곤 했는데, 한번은 마당을 걷고 있을 때 "띵!" 하고 벨소리가 나는 거예요. 무슨 일인가 싶어 방을 들여다보니 페티가 선 채로 차임벨을 입에 물었다 떨어뜨리며 소리를 내고 있었어요. 밥이 먹고 싶으면 벨을 울리면 된다는 걸 배운 거죠. 남편과 저는 "대단한데, 토끼!" 하며 깜짝 놀랐습니다. 하지만 모두 조용히 잠든 한밤중에도 인정사정없이 "띵!" 하고 벨을 울려서 지금은 차임벨을 페티가 건드릴 수 없는 곳에 두었습니다.

벨을 누르려고 하는 페티페티

페티는 어째서인지 수컷 고양이 아비아비(줄여서 아비)를 열렬히 짝사랑하고 있어요. 집안에서도 집밖에서도 아비가 가는 곳이라면 어디든 쫓아가죠. 아비는 냉정해서 거의 상대해주지도 않고, 너무 집요하게 쫓아오면 벌컥 화를 내고는 토끼에게 펀치를 날리는 일도 종종 있어요.

한데 페티가 다른 일에 정신이 팔려서 아비를 쳐다보지도 않을 때, 아비가 페티를 괜히 건드리는 장면을 목격했답니다. 아무래도 자기를 보지 않으면 보지 않는 대로 신경이 쓰이나봐요.

요즘 페티가 암컷인지 의심스럽기도 한 참에 종을 넘어선 사랑이 어떻게 발전해나갈지 매일 눈을 뗄 수가 없답니다.

유목민에게 특별한 동물들

지금 우리집 가까이에 살고 있는 동물들, 그러니까 낙타 50여 마리, 소 7마리, 염소와 양을 합해 100여 마리, 닭 30여 마리는 부모님이 주로 돌보시고, 우리 부부와 남편의 가족이 돕고 있습니다.

엄마와 함께
송아지 알나브　　　　　　　　　　　새끼 염소

과거 유목민이었던 남편의 부모님에게 이 동물들은 생활의 양식이 되기도 하고 이동수단이 되기도 했어요. 동물들을 기르는 건 단순히 생활을 위해서라기보다 더 깊은 의미가 있습니다. 옛날과는 생활양식이 완전히 바뀐 지금도 늘 주변에 자연스럽게 존재하는 거예요.

이 동물들과는 매일 얼굴을 마주칩니다. 함께 산책할 때도 있고 새끼를 낳는 자리에 같이 있을 때도 있어요. 더불어 시간을 보내고 있으면 많은 것을 느끼고 배우게 됩니다. 이 동물들도 저에게는 다른 친구들과 마찬가지로 함께 사는 '식구'입니다.

사막의 우리집

10년 사이에 '동물은 키우지 않겠다'에서 '오는 동물 막지 않는다'로 바뀌면서 이렇게 많은 동물과 함께 지내게 되었네요. 이렇게 되니 우리 부부는 해외여행은 고사하고 외출조차 허락된 시간이 정해져 있습니다. 시간, 돈, 감정을 모두 다 바치고 있는데도, 기본적으로 가젤은 쌀쌀맞고, 고양이는 이게 좋다 저건 싫다며 너무 제멋대로고, 남편은 비둘기에게 퍽퍽 맞기나 하고, 저는 "겨우 잠들려던 참이었는데!" 하고 토끼에게 야단을 맞습니다. 동물들에게 "나도 몰라! 맘대로 해!" 하며 길길이 화도 내고, "나 뭐하고 있는 거야, 대체……" 하고 생각하는 일도 일상다반사죠.

지금도 동물들 걱정으로 위가 아픈 듯한 느낌을 받을 때면 미련을 버리지 못하고 "아아, 원래는 더 마음 편하게 살 수도 있었는데"라며 남편과 얘기하기도 해요. 이런저런 말을 늘어놓지만 그래도 남편과 저는 이 생활이 마음 편합니다. 예전에 우리의 결혼을 굉장히 탐탁지 않아 하시던 아버지가 이렇게 사는 우리를 보고 "여기가 네가 있을 자리인가보다"라고 말씀하셨던 적이 있습니다. 그러고 보니 만나야 할 가족과 만나서 있어야 할 곳에 있구나 싶은 요즘입니다.

손이 닿지 않는 곳으로 떠나버린 사메르와 다마니에게
고마운 마음을 가득 담아.

미나코 알케트비
مينادكو بالكتبي

그리고 삶은 계속된다.
والحياة تستمر

옮긴이의 말

이 책의 사진을 찍고 글을 쓴 미나코 알케트비 씨는 아랍에미리트의 사막 '알
아인'이라는 곳에서 수백 마리의 동물들과 함께 살고 있습니다. 미국 유학중 아
랍에미리트 출신의 남자친구를 만나 결혼한 후 남편의 고향으로 이주해 신혼
생활을 시작했습니다. 그때는 시내의 아파트에 살았기에 지금의 생활은 상상조
차 하지 못했습니다. 게다가 두 사람의 첫 결심은 "동물은 절대 들이지 않는다"
였습니다. 이 사진집에는 그 결심이 "오는 동물 막지 않는다"로 바뀌기까지의
좌충우돌이 담겨 있습니다.

사막의 대가족을 구성하는 동물들은 저마다의 사연을 안고 이 집에 왔습니다.
아프거나 다쳐서 들어온 친구들도 있고 어쩌다보니 함께 살게 된 친구들도 있
습니다. 비둘기는 강한 성격을 굽히지 않고 토끼는 고양이를 늘 쫓아다닙니다.
가젤은 본래 야생동물이라 인간에게 쌀쌀맞습니다. 당연히 언제까지 같이 살
수 있을지 알지 못합니다. 비둘기는 지금이라도 날아갈지 모릅니다. 고양이는 언
제든 울타리 밖으로 나갈 수 있습니다. 2명의 인간 중 1명은 때때로 불평을 늘어

놓습니다. 하지만 함께하는 지금, 모두 한 식구라는 사실은 변함이 없습니다.

"여기가 네가 있을 자리인가보다." 미나코 씨의 아버지가 하셨다는 말씀에 가슴이 뭉클했습니다. '있을 자리'는 일본어의 '이바쇼(居場所)'를 우리말로 옮긴 것입니다. 사전적 의미는 문자 그대로 '있을 곳' 또는 '거처'라는 뜻이지만, 나아가 자신이 존재해야 할 장소, 자신의 능력을 마음껏 발휘할 수 있는 장(場)을 가리키기도 합니다. 미나코 씨 부부가 동물들이 있을 곳, '이바쇼'를 마련해준 것처럼, 동물들 역시 두 사람이 있어야 할 자리를 만들어준 건 아닐까. 번역을 하면서 그런 생각이 들었습니다. 내가 있을 자리를 발견하는 것, 나 아닌 다른 무엇과 관계를 맺으며 함께 살아간다는 것. 어쩌면 이 둘은 별개의 일이 아닐지도 모르겠습니다.

미나코 씨 가족은 여전히 사막에 삽니다. 몇 년 전 SNS에서 미나코 씨의 사진을 처음 발견했을 때와 마찬가지로, 부부는 여전히 해질 무렵이 되면 도시락을 싸서 고양이들과 같이 사막으로 소풍을 갑니다. 고양이들은 언제나처럼 어디선가 나타나 슬쩍 합류했다가 사라집니다. 고양이 아비를 향한 토끼 페티의 짝사랑도 현재진행형입니다. 그사이에 티니와 쿠브즈는 하늘로 떠났고, 새로 함께 살게 된 비둘기에게는 '쿠루즈'라는 이름을 지어주었습니다. 요즘 미나코 씨의 남편과 고양이 '고짱'은 매일같이 모래 위에서 낮잠을 즐기는 모양입니다.

책의 마지막 문장처럼 그들의 삶은 계속되고 있고 사막의 이야기는 이어지고 있습니다. 따뜻함이 그리워지는 계절, 이 사진집이 독자 여러분께 작지만 확실한 온기가 되어준다면 정말 기쁘겠습니다.

글쓴이 **미나코 알케트비 美奈子アルケトビ**

아랍에미리트(UAE)의 사막에서 남편, 그리고 200여 마리의 동물과 함께 살며 사진과
글로 일상을 기록하고 있다. 미국 어학연수중 아랍에미리트(UAE) 출신의 남편과
만나 결혼, 2004년부터 아부다비의 알 아인에서 살기 시작했다. '하나모모'라는
이름의 트위터 계정과 블로그 '하나모모의 별관', 2019년부터 유튜브 채널
하나모모사막생활(hanamomo砂漠生活)을 운영하고 있다. 지은 책으로는 『Life in the
Desert』가 있다.

twitter @hanamomoact

blog https://hanamomoac.exblog.jp

YouTube https://www.youtube.com/HanamomoWhat'snewtoday

옮긴이 **전화윤**

한국외대 일본어과와 통번역대학원 한일과를 졸업하고 기업체 연구소에서
통번역사로 근무했다. 현재 전문번역가로 일하며 틈틈이 기획도 병행하고 있다. 옮긴
책으로는 『스무 살의 원점』 『힘만 조금 뺐을 뿐인데』 『죽음은 두렵지 않다』 『이상하고
거대한 뜻밖의 질문들』 등이 있다.

砂漠のわが家 (美奈子アルケトビ著)

SABAKU NO WAGAYA

Copyright ⓒ 2014 by Minako Al-ketbi

Original Japanese edition published by Gentosha, Inc., Tokyo, Japan

Korean edition is published by arrangement with Gentosha, Inc.

through Discover 21 Inc., Tokyo and BC Agency, Seoul

사막의 우리집
砂漠のわが家

초판 1쇄 인쇄 2020년 12월 7일
초판 1쇄 발행 2020년 12월 15일

지은이	미나코 알케트비
옮긴이	전화윤
펴낸이	김민정
책임편집	송원경 **편집** 유성원 김동휘
디자인	강혜림
저작권	한문숙 김지영 이영은
마케팅	정민호 최원석
홍보	김희숙 김상만 함유지 김현지 이소정 이미희
제작	강신은 김동욱 임현식
제작처	영신사
펴낸곳	(주)난다
출판등록	2016년 8월 25일 제406-2016-000108호
주소	10881 경기도 파주시 회동길 210
전자우편	nandatoogo@gmail.com 트위터 @blackinana 인스타그램 @nandaisart
문의전화	031-955-8865(편집) 031-955-3570(마케팅) 031-955-8855(팩스)

ISBN 979-11-88862-28-3 00830

○ 이 책의 판권은 지은이와 (주)난다에 있습니다.
○ 이 책 내용의 전부 또는 일부를 재사용하려면 반드시 양측의 서면 동의를 받아야 합니다.
○ 난다는 (주)문학동네의 계열사입니다.
○ 이 도서의 국립중앙도서관 출판예정도서목록(CIP)은 서지정보유통지원시스템 홈페이지(http://seoji.nl.go.kr)와
   국가자료종합목록 구축시스템(http://kolis-net.nl.go.kr)에서 이용하실 수 있습니다.(CIP 제어번호: 2019018006)

잘못된 책은 구입하신 서점에서 교환해드립니다.
기타 교환 문의: 031-955-2661, 3580